Philippe de Kemmeter

Papai conectado

Título original em francês: *Papa est connecté*
Philippe de Kemmeter (texto e ilustrações)
© De La Martinière Jeunesse, uma divisão de La Martinière Groupe, Paris, 2015.

Coordenação editorial: Graziela Ribeiro dos Santos e Olívia Lima
Revisão: Marcia Menin e Carla Mello Moreira

Edição de arte: Rita M. da Costa Aguiar
Produção industrial: Alexander Maeda
Impressão: Bartira

Dados Internacionais de Catalogação na Publicação (CIP)
(Câmara Brasileira do Livro, SP, Brasil)

Kemmeter, Philippe de
    Papai conectado / Philippe de Kemmeter ; [ilustração do autor] ; tradução
Cristina Murachco. -- São Paulo : Edições SM, 2018.

    Título original: Papa est connecté.
    ISBN 978-85-418-2016-5

    1. Literatura infantojuvenil
I. Kemmeter, Philippe de. II. Título.

18-13540   CDD-028.5

Índices para catálogo sistemático:

1. Literatura infantil 028.5
2. Literatura infantojuvenil 028.5

1ª edição 2018
8ª impressão 2023

Todos os direitos reservados à

SM Educação
Avenida Paulista 1842 – 18ºAndar, cj. 185, 186 e 187 – Cetenco Plaza
Bela Vista 01310-945 São Paulo SP Brasil
Tel. (11) 2111-7400
atendimento@grupo-sm.com
www.smeducacao.com.br

Philippe de Kemmeter
Papai conectado

Tradução
Cristina Murachco

O pinguim com o computador é meu pai.

Todas as manhãs, ele lê seu jornal digital,
checa a previsão do tempo e passa horas com seus amigos virtuais.
Ultimamente minha mãe tem dado uma gelada nele.

Meu pai tem 532 amigos no Icebook.
— Olha só meu novo amigo, que sortudo!
Viajou de férias para o Polo Norte no verão!
— Onde fica o Polo Norte, pai?
Mas, quando papai está no computador,
ele não responde...

POLAR

PINGU-LOKO

BOND BICO

QUEBRA-GELO

ÂNGELO

FREEZER

TÍMIDO

FRIORENTO

BRRR 65

ICEBERG

GELIM

ESQUIAMOR

CAPITÃO GELADA

PESCA-PESCADO

ÁRTICO

AQUÁTICUS

GLACIAL

PUNKGUIM

FROZEN

GELO-QUENTE

A LUVA

Esses são alguns dos amigos virtuais do papai.

Mesmo à noite, papai fica conectado.

Ele só não está conectado enquanto dorme. Ainda assim…

Assim que chega em casa, papai só pensa numa coisa: surfar na rede.

Faz tempo que eu não tenho um pai de verdade.
Minha mãe não aguenta mais :-((

Ainda bem que eu tenho amigos bem legais no bairro :-)))

As coisas iam assim até que,
numa manhã, aconteceu uma TRAGÉDIA!
Papai perdeu a conexão e não conseguia mais surfar
na internet! Ele ficou furioso.

Começou a andar por todo
o iglu com seu computador. Nada.
Fez a mesma coisa lá fora.
Nada de novo.

Mamãe ficou espantada
ao ver papai naquele estado,
mas acho que, por dentro,
ela estava contente...

Tentando achar sinal de internet, meu pai foi se afastando cada vez mais sobre o gelo. Minha mãe e eu resolvemos segui-lo.

De repente, ouvimos um barulhão.
Um bloco de gelo tinha se desprendido...

E lá se foi papai, navegando sem rumo!

Em tempos normais, meu pai não teria pensado duas vezes e nadaria para chegar à margem. Só que ele não queria largar o computador!

Em terra firme, a noite estava bem fria. Os vizinhos vieram nos dar um apoio e trazer algo para nos esquentar! Mesmo assim, minha mãe e eu continuávamos bem preocupados.

De manházinha, tremíamos de frio. Havia uma névoa espessa. De repente…

Sobre um bloco de gelo, empurrado por um urso-polar, estava meu pai, congelado.

ESSE É O FRED, MEU NOVO AMIGO...
DA VIDA REAL!

OLÁ!

De volta para casa, papai fez uma careta: agora o computador não funcionava mais! Então ele disse:
— Venham, vamos lá para fora!

E meu pai começou a surfar superanimado! Graças ao computador, ele está ligado na realidade de novo.

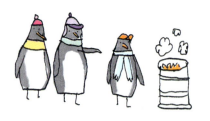

E, pela primeira vez, o computador serve para toda a família!

PHILIPPE DE KEMMETER nasceu em Bruxelas, Bélgica, em 1964, e vive com sua família no interior do país. Formou-se em Artes Gráficas pela École Supérieure Le 75 e colabora como ilustrador em diversos jornais e revistas, além de escrever e ilustrar livros para crianças e jovens. Em seus trabalhos, gosta de usar técnicas variadas, enquanto ouve música ou o canto dos passarinhos. Já recebeu alguns prêmios, como o Prix de la Gravure et de l'Image Imprimée e o Prix Filofax, e suas obras foram traduzidas para diversos idiomas.

FONTES
Providence Sans Pro e Minion Pro
PAPEL
Couché fosco 150 g/m²